Petit Ours Brun
fait du poney

Illustrations de Danièle Bour

bayard jeunesse

Petit Ours Brun
met une bombe
de cavalier.
Il dit que c'est un casque
de chevalier.

Sa tante l'aide à monter
sur le poney.
Petit Ours Brun
n'ose plus parler
ni bouger.

Garder les pieds
dans les étriers,
c'est compliqué !
Petit Ours Brun murmure
« Tout doux ! »
à son poney.

Ça balance un peu,
mais Petit Ours Brun
a les fesses bien calées.
Il voit loin le chemin.
Il est bien.

Oh, le poney s'arrête !
Petit Ours Brun crie :
– Ne mange pas, poney,
sinon je vais tomber !

Et hop, c'est reparti !
Le poney trotte.
Petit Ours Brun
dit qu'il galope.

Petit Ours Brun est fier
d'être un cavalier.
Il dit : – J'aime bien
être porté !

Petit Ours Brun est un héros
des magazines *Popi* et *Pomme d'Api*.
Les illustrations ont été réalisées par Danièle Bour.
Le texte de cet album a été écrit par Hélène Serre.

Retrouve ton héros préféré sur www.petitoursbrun.com

ISBN : 978-2-7470-3332-9
Dépôt légal : mai 2010
Loi 49-956 du 16 juillet 1949 sur les publications destinées à la jeunesse

Imprimé en Italie